향기로운 나그네

사람과 자연이 동행하는 길

향기로운 나그네

김호열 시집

홍성사.

1

약속으로 피는 꽃

2

나는 너의 산제물

3

무채색마저 삭아 무색으로

머리말

노동은 자라나 시를 낳는다

산골 생활 17년이다. 서울에서 태어나 거주해 온 나에게 이곳은 낯선 땅이지만, 마침내 돌아온 고향으로 친밀하다. 도시에서 벗어나 생명과 빛이 가득한 자연에서 만나는 하나님으로 인해 나날이 기쁘다. 즐겁고 감사한 마음이 시를 쓴다.

공동체에서 다양한 사람들을 날것으로 만나 삶이 풍요롭다. 서로서로를 깎고 다듬어서 아름다워지지만, 나그네 마지막 길을 함께 걸으며 죽음을 맞는다. 생명이 넘치기에 죽음도 가까이 있다. 생명과 죽음은 나그네의 길동무이다. 길동무는 시가 되어 말을 건다.

사람이 자연을 만나는 길은 노동임을 배운다. 뒤늦게

시작한 어설픈 노동이 정화시킨다. 노동을 통해 나를 보며 이웃을 만난다. 누군가의 노동으로 사랑을 받아 양육되어 새로운 노동을 낳는다. 노동은 자라나 시를 낳는다.

시는 나그네 발걸음을 가볍게도 무겁게도 만든다.

2020년 8월

지리산두레마을에서

김호열

1

약속으로 피는 꽃

숨은 밭

숲속 거닐다 얼핏 스쳐 보인 밭
다시 찾아와 키 넘는 잡초 거두니
아담하여 정갈스레 드러난 예닐곱 계단 밭

수십 년 소나무가 듬성듬성 자리 잡아
솔잎에 푸석푸석 빠지는 바닥없는 세월의 깊이

누가 무슨 사연에
먼 시절
이곳에 흘러 들어왔나 생각하다
아련히 들리는 발소리 괭이소리 호미소리

노동과 삶의 흔적이 이리 오래 자리하는데
만날 수 없는 밭임자 그리워 숲을 헤맨다

쑥부쟁이

누렇게 바랜 칙칙한 산등성이
잎들마다 늙은 황혼의 무거운 떠남으로 우울한데
저돌적으로 취하는 화사함

흙으로 돌아가려 생명들, 점점 낮아지건만
자랑으로 솟아올라
소풍 나와 신나는 어린아이

퇴색해가는 누리를 홀로 막으려는 안간힘이
　안쓰러워
너를 도와 늦가을 쓸쓸함을 저만치 물리치려
목청껏 부르는 뒤섞인 동요 퍼지니

즐거운 파문 한들거리며
쑥부쟁이 환한 얼굴 가린 채 수줍게 키득키득

매화

시린 겨울 산, 무장한 순결이
따스한 손길에 경계심 녹아
굴곡진 굳은 가지마다 몽글몽글 꽃망울

갇혔던 오감, 앞선 용기에 살며시 열리자
지금만을 기다려온 갈망이 끌어당겨
절로 고개 숙여지니 아뜩하다

상기한 뺨으로 다가오는 유혹에 놀라
깨어 두리번거리는데
수선스레 분주해진 봄볕만 가득

산수국

담 그늘 수줍더니
냇가 돌 틈 옹골차게 여러 계절을

거목이 짓눌러도 자랑하는 채색은
끌려온 눈길 따라 변해
녹색에 질리다 누리는 호사

지쳐 늘어진 여름 숲에, 피어나는 아기 얼굴
이어져
청량한 웃음 번지며 이야기꽃 무더기무더기

장마도 가뭄도 잊고 때를 잃어
홀려 어슬렁거리는 계절의 맛

약속으로 피는 꽃

만날 때마다 이름 답하는
무시의 시간 견디다
앙갚음으로 매몰차게 떠나버려

서운한 눈길에 붙잡혀 잠시 가물가물
무명으로 지는 들꽃

때맞추어 자리에 다시 등단해
출연이 거듭될수록 무대 연기는 농익어
지금, 관객의 감탄 온몸으로 받는 주인공

꽃들은 이름으로 피는데
약속으로 피어나는 들꽃

산국의 추모

휑하니 넓어져 저무는 산간
가득 몰려오는 향취에
화들짝 돌아와 낮게 굽히는 허리

꽃은 저토록 진한데
그저 말라가는 늦가을이려니
무시한 미안을 붙잡는 기다림

서리에 선명해진 향은
봄 냄새 준비하려 오래 맴돌며
이미 떠난 꽃들을 추모하는 산국

바람에 시달리는 낙엽무덤 군데군데
마지막 꽃 엄엄(掩掩)히 퍼져
향기로이 제물 되는 한 해

꽃은 떨어져

오랜 훈련 끝
챔피언으로 자랑스레 자리 잡아
왕관 쓰고 내려보던 꽃이 할 일 다해
영광에서 깔끔하게 떨어진다

흙먼지에 모욕당하며 바람의 폭력이 으스러뜨려
여기저기 이름을 흩뿌리니
훌쩍 지는 꽃의 마무리, 시리도록 예쁘다

사라진 자리에, 고정된 시선에,
그리움으로 다시 돋아나 선명하게 피어 사로잡으니
꽃은 떨어져, 오래도록 아름답다

모성

사랑 중인 숲,
숨 가쁜 잉태에 싸이다
초록 양수 따뜻한 모태 박차
구석구석 가득히 쏟아부은 생명

죽고 썩어 열 뿜어, 돌보는 희생
밑동째 뽑혀 나뒹굴어 상처투성인데
그 자리 그대로 당당해

허정거리는 이 몸을 꼭 잡으니
빠져드는 나긋나긋한 피곤이 눕는
부드러운 늙은 등걸

보금자리

상실감에 찾아드는 숲
사방에서 파고드는 충일한 생기
풍성한 밥상에 배불러

분심에 안절부절못하면
담색의 고요가 가라앉혀
두 다리 뻗고 기지개 펴니 포근한 안방

메울 길 없는 욕심에 공격당한 만신창이
지쳐 숨어들면
잃어버린 중심이 찾아오는 아랫목

사방의 출구 막혀
소외에 지쳐 비틀거리며 주저앉자
보금자리 내어주는 숲

앞산

몸을 가루로 흘러내어
속살마저 파헤쳐 꼬옥 쥐여주면서
아무것 바라지 않아
이별을 곱씹어 거름으로 묻을 뿐
올려보는 우러름 구름에 실어 보내
발길이 재촉하고 눈길이 탐할수록 천연덕스럽게
　의연해

세월에 깎이며 산 것들에 할퀴어
헐거워진 몸으로 바람에 웃음 날려
잉태와 출산의 고통 처음부터 겪지만
다시 생명 품어 먹이는 데 몰두하느라
안개가 농락하거나 비가 막아서나, 꽃이 유혹하든
　나무가 위장하든
산은 산으로, 저만치

산속 일생

아버지 산이 무거운 노동 불쑥 던지더니
뒷짐 지고 뚜벅뚜벅 안개 속으로

제자 찾아 멀리서 온 산
가파른 숙제 첩첩이 쌓으며 고개 너머로 총총걸음

벗 삼아 나란히 걷던 산
정들자 긴 그림자에 숨어버리지만

해거름에 산이 어머니 품 열어
나그네를 보듬는다

철 맞추어 옷 갈아입은 산 재잘거려
아이로 달려와 안기면

때가 찬 산,
바람에 얹혀 되돌려 보낸다

산은 섬이다

스쳐간 질긴 인연들
저 멀리 조각조각 떨어져, 점점이 섬으로 찍힐 뿐
지난 시간은 수평선 너머 망각에 잠기니
걸어온 여로 저만치 보일락 말락
뱃길 남겨 가뭇없이 사라져

쌓인 이야기 산등성이 만들어
겹겹이 주름져 운해에 떠 있는 우뚝 솟은 높은
　　섬에
무능한 유배자,
세파에 부서진 조난객,
어설프고 초라한 나그네가 밀려들어

구름에 갇히고 속세의 풍랑에 막혀
걸음의 노조차 젓지 못하나
숲의 파도소리 들으며 낮은 하늘만 바라보다
밀려오는 섬바람에 실려
돛인 양 더덩실 춤추는 산객

순례

도시, 사람이 싫어
시골을 애써 찾아갑니다

시골의 어설픈 조화 힘겨워
산속으로 깊이 들어갑니다

산, 생명에 놀라
바다로 멀리 달음질칩니다

바다에서 만난 낯선 풍요가 어색해
서둘러 광야로 도망갑니다

광야, 침묵을 만나
길 찾아 길 멈춥니다

길 내어준 광야는
내 속에 있습니다

걸음걸이

걸어 목적지 갈 수 없음에
몸서리치며 길들여진 나그네
쉽게 날아와 꽂히는 길거리 화살로 감각은 무뎌진 지
오래

미련은 늘 따라붙는 부스러기이기에
버림이 생존본능으로 자리 잡아
기억에라도 무얼 담으면 사치
어깨동무할 동행 기다리지 않을 만큼 지혜로워

낯선 땅에서 길 찾기 지쳐
나아갈지 돌아갈지 내딛지 못할지언정
본향이 사무쳐 밀리며 이끌리어
가까스로 다가가는 걸음걸음

눈길이 걷는다

느려져 질질 끌리는 발길을 모른 척
쉼 없이 붙잡으려는 손길은 꽃길에서 허망할 뿐
집요한 갈 길 머쓱해 숲길로 숨어 버리는데
눈길만큼은 저만치 바람길에 날렵하다

물길 따라 구불구불 흔들리는 갈 길 위에서
지친 발길 기회마다 요령을 피우며
유혹에 손길 멈추어 끊어지기 일쑤이지만
눈길은 재빠르게 빛길을 걷는다

떠나지 못해 가리키기 바쁜 손길 따르느라
갇힌 발길 숨 헐떡여
갈 길 변함없이 무겁게 잠기자
가벼운 하늘길로 눈길은 날아간다

갈 길을 밤길이 막아
할 일 다한 발길 기다린 듯 거칠게 대들며
아쉬운 손길 여전히 서로 만지작거릴 때
눈길은 몸에 길을 내, 몸길로 달려간다

멈추는 걸음이 멀리 걷기에

겨울 사막
생명들 살아남으려 움직임을 멈춘다
먹을 것 사라진, 추위와 바람 앞에 엎드려
죽어야 봄에 살아난다

분주한 도시
차들이 달리기 위해 질주를 멈춘다
도시 존속을 지키려 붉은 빛에 순종하여
일제히 시간을 정지한다

부지런한 농촌
농부가 밀린 일손 멈춘다
쉬어가는 질서에 맞추어 산 것들은 잠자고 땅은
　　놀기에
노동의 수고를 그친다

멈추는 발길이 멀리 걷기에
바쁜 나그네, 길 멈춘다
침묵의 건널목에서 걸음의 굴레를 푸니
멈추지 않는 걸음은 없다

처음나그네

하늘길 높이 거닐다
그늘진 땅, 낮은 길 닦아
부르튼 발 험한 오염만 뒤범벅
후미진 구석에 빛 붙이려 허구한 날 무릎걸음을
잃어버린 영혼에 뿌린 생명, 밟히고 길에 묻혀

한길 홀로 걷고 걸어, 갈 길 다 걸어, 십자가길 걸어,
온 곳으로 되돌아가 처음길 여니
묻힌 생명 자라나 십자가 교차로마다
막힌 벽 길 뚫어, 숨길 터,
숱한 나그네 무리 이끌며 앞서 걷는
처음나그네

모리아산*으로 가는 길

일찍이 나서는 길
장작 쪼갠 손은 몸을 갈갈이 찢어
무심한 나귀에 싣고
슬픔에 눌려, 무덤에 갇혀, 걷기를 사흘

단둘이 걷는 마지막 길
저절로 향하는 시선을 거두어들여
　　절망의 산, 멍하니 바라보는데
자신을 태울 땔감 진 동행이 꽂는 질문에
주저앉으며 누르는 통곡

나무 쌓은 제단에 십자가 올려
외아들 결박한 손으로 칼 뽑아 내리치며 못 박자
숲이 불붙으며 산은 무너지는데

부르는 소리가 가까스로 일깨워 살펴보니
모두가 제자리 그대로, 오래된 준비

* 아브라함이 이삭을 번제로 드린 산
(창세기 22:2)

돌베개*

빈들로 쫓기며 하룻밤 몸 의탁한
울퉁불퉁 못난 돌

두려움을 이불로 꼭꼭 덮어도
불안은 별처럼 총총 가까워
자신을 감춘 어둠이 위안인데 그래도 찾아오는 꿈

돌베개 일어서서 사닥다리 올리어
하늘문에 닿아 오르락내리락
등 배겨 깨어나니
고향집 아닌 하늘집

* 창세기 28:II, "…한 돌을 가져다가
베개로 삼고 거기 누워 자더니"

얍복 나루*

심란한 염소울음, 낙타발굽 어지러움 좇아
짐 실은 나귀 힘겹게 개울을 건너자
갑작스런 적막을 허무감만 간섭해

아내들 아들들 사랑마저 나루에서 떠나보내
욕망과 성취는 시냇물에 잠겨 멀어지는데
고독은 두려움으로 차올라 소용돌이 혼란스러워

질긴 집착과 다투기를 밤새도록
견고히 버티던 중심, 산산이 허물어져 치솟는
　　아픔

뒤바뀐 변화에 절뚝거려도, 새로운 이름 가볍기만
해 돋아, 옛 나날 건너 이어지는 귀로에
반갑게 맞이하는 얼굴

* 야곱이 천사와 씨름한 나루
(창세기 32:22)

느보산*에 올라

늙은 숨 터지며 오른 산
짙게 새겨진 강 너머, 젖과 꿀 아스라이 물갈래 사이로
생명들 별무리 지어 반짝이자
겹쳐지는 120년 순간의 파노라마

한 번 실수가 드러낸 한계
절절한 애원에도 매정한 거절이** 강물로 막아서
자비의 당황스런 냉대를 피할 길 없네

손에 잡히는 약속은 흐려지 않은 눈에 또렷하지만
강요당한 선택 받아들이니
준비된 죽음이 약속보다 아름다워
골짜기로 사라지는 고려장에 묻히는 미안한 사랑

* 모세가 죽기 전 오른 산(신명기 34:1)

** 신명기 3:25–26, "구하옵나니 나를
건너가게 하사…그만해도 족하니 이 일로
다시 내게 말하지 말라"

침묵의 소리*

바위를 부수는 폭풍
땅을 가르는 지진
무섭게 타오르는 화염에
소리는 들리지 않아

대기를 떠돌며 뒤덮는 여론
교실에 넘쳐나는 가르침
예배당에 가득한 설교는
소음공해로 따라올 뿐

욕망의 굉음, 위선의 잡음, 거짓의 고음이
소리인 양 미혹하기에
순수이성, 순결한 양심, 절대선에 집중해도
숨소리도 듣지 못해

동굴의 침묵이 전하는 소리
몸을 파고들어 이어져

빈들에서 외치는 자의 소리**

* 열왕기상 19:12, "…불 후에 세미한 소리가 있는지라"

** 요한복음 1:23, "…광야에서 외치는 자의 소리로라 하니라"

배반의 길

어둠에 갇힌 제자,
발 씻는 스승의 체온 견디며
질문도 회유도 없는 사랑에 잡힌 채
오가는 시선이 부딪히는 기억들

어리어리해지는 순간을 애써 버티는데
"네가 하는 일을 속히 하라"* 허락의 음성에 놀라
주저를 박차 일어나, 떡 한 조각 다짐으로 씹으며
온몸으로 스며드는 가르침 저항하듯
남은 온기 짓밟는 발이 배반을 재촉하는 밤길을,

오늘도 걷는 제자

* 요한복음 13:27
(예수께서 가롯 유다에게 하신 말씀)

길목에서

누런 뽕잎에 서리 깔리더니
앞산 머리 백발로 성성해지는 길목에서
새벽 깨운 새소리
어둠에 갇히는 적막의 길목에서
피곤한 노동이 쉬더니
졸다가 잠으로 잠기는 길목에서
목표가 질주하는 큰길이
좁고 가난한 뒷골목으로 꺾이는 길목에서
찾아온 묵은 응어리 터지며
웃을까 울까, 우물쭈물 망설이는 길목에서
열정이 격랑 일으켜 넘실거리다
경성의 고요로 빨려드는 길목에서
장년의 긴장을 지나
초로의 이완이 터 잡는 길목에서

걸음 느려지자
따라오는 행인에 뒤처지는 길목에서

하늘에 꽃이 핀다

하늘뜰에 꽃들이 마음 따라 피어나
어떤 꽃 만날지, 하늘 보며 즐거워

구름 언덕에 야생화 무리 흘러들어
하나둘 먼저 떠난 동무들 시끌벅적
뭉게뭉게 꽃동산에 웃음꽃 활짝

노을 지는 서녘정원에 흐드러진 붉은 꽃 만나니
사무친 그리움 망울져, 이슥고 안기는 품
젊어지신 어머니가 가꾸는 따뜻한 꽃밭

밤하늘 꽃잎 무심히 따며
보고픈 이름들과 이야기꽃 피우는데
별똥별 떨어져 낙화이니, 영이별인가 놀라지만

꽃 빨리 되고자
서둘러 생흙으로 돌아간 어린 얼굴들
하늘집 안마당에 오손도손 만발하는 여명

꽃밭 거닐며 어느 비원에, 무슨 꽃으로 태어날까
정원 손질에 빠져 기다리는,
하늘꽃으로 피는 그날

떠남

바랑 지고 논두렁에 기대어
털어버리며 흙먼지로
떠나는 가벼움처럼

곡기 물린 지 오래, 벽 앞에 앉아
한 마음 키워 곱게
떠나는 깨끗함처럼

숲속으로 한 걸음 한 걸음 걸어
떠나온 데로 돌아가려 저항하며
떠나는 단단함처럼

광야에서 부르짖은 모세의 애원 따라*
나무 아래서 엘리야가 간청하듯이**
떠나는 은총처럼

모욕과 배반이 소용돌이치는데
모두를 용서하며 홀로***
떠나는 고요처럼

호미 든 손 모아 허리 곧추 세워
소나무 사이 푸른 하늘로 빨려들어
떠나는 기도처럼

이 순간 떠나고 싶다

* 민수기 II:I5, "…내게 은혜를 베푸사
즉시 나를 죽여…"

** 열왕기상 I9:4, "자기가 죽기를 원하여
이르되 여호와여 넉넉하오니 지금 내 생명을
거두시옵소서"

*** 누가복음 23:34, "…아버지 저들을 사하여
주옵소서…"

사형수

오늘이 그날일까
하루하루 끊어져
마침과 시작이 반복될 뿐

이날의 연장은
하루치 죄가 줄지 않고 늘어나
갚을 길 없는 빚

사형수 걷는 길
점선으로 끊기듯 이어가
선명히 찍히는 발자국

사형수 아닌 나그네 어디 있으랴
형량 잊은 죄수
하루가 짧아 걸음걸이는 민첩해

채무자는 빚잔치 지금 벌이기를
짐 푸는 나그네,
이 밤이 마지막 안식이었으면
사형수 오늘이 집행일, 하루살이

수목장

흙에서 와서 흙으로 돌아가
모호한 삶의 경계,
주위는 온통 흐리게 밀려들어
생명에 뿌리 내린 소나무는 더욱 또렷하다

살아온 존재가 살아갈 존재를 만나
다정히 나누는 호흡
아릿거리던 심장은 소나무 박동에 힘 얻어
수액이 높이높이 올라
이식된 생명, 소나무로 살아난다

호상

못다 한 아쉬움이나 이루어야 할 안타까움
버리기 아까운 서운함도 고요에 가라앉아
더 무거운 침잠이 그리워,
반가운 죽음

잘 살았다는 자만도
너무 슬프고 괴로워서가 아니라
그냥 편하게 찾아오는 자리

늘 떠나니, 주변 자리 정리가 새삼스럽지 않아
집착이나 결별이 아닌
잔잔한 안식에 흠씬 빠져드는
반 발짝 내디디니 친밀한 죽음

심장의 기술

살아남으려,
온갖 배움의 협박에 굴복하느라 허겁지겁

배우지 않은 기술
낯선 듯 친밀스러워, 어렵지만 편안해, 슬프도록
아름다워
고통스런 기쁨이자 두려운 소망인
두 얼굴의 기술

체득으로 의식을 넘어야 배우는
현자들 세대를 거듭 흐르며 교과서*로 가르쳐
앞선 깨우친 스승, 죽음으로써 교육한 심장의 기술

명장 아닌
일용직으로 날마다 서투르게 익히는
산 자여서 학습하는 죽음의 기술

*《티벳 사자의 서》

누운 시선

시선이 서로 만나 시간을 견디는데
일방적이며 냉정하여 멀기만
부딪힌 시선과 사물을 관통하는 고정된 초점이
경계 너머 먼 곳에 꽂혀
다른 시간, 다른 장소에서 눈짓은 오간다

언젠가 마주친 동공, 살붙이 임종의 눈길
이제 걸어갈, 길이 같아
나그네들 마지막 눈빛은 하나
누워 있는 낯선 시선이 낯익다

얼굴

보고 싶다, 그 얼굴
눈 감아 떠올리는 표정 어렷어렷할 뿐
꿈속 얼굴조차 숨어버려
바라보는 초상화는 아쉬움만 더하는구나

오랜 외면이 어둠으로 덮쳐눌러*
허공의 얼굴 더듬으며 불치병 앓아
얼굴빛 만나 회복되길 바라지만**

죽어서야 대면할 얼굴
살아서 보고 싶다

* 시편 27:9, "주의 얼굴을 내게서
숨기지 마시고…"

** 시편 80:7, "만군의 하나님이여 우리를
회복하여 주시고 주의 얼굴의 광채를
비추사 우리가 구원을 얻게 하소서"

지하에서 천상을*

희망의 광맥 파 내려가
밑으로 밑으로 밀려, 땅에서 상실된 무리들
일상을 어둠에 담은 땅속 마을

일 년에 두 번, 잠시 햇볕 쬘지언정, 포도주 담아
　즐기기도
가축은 사람 위에서 어슬렁거릴 때
아이들 밝은 위층 교실에서 돌아갈 고향 배우며
지하에 굳게 뿌리내리는 나날

감추어진 일생 마무리한 이름들이
지하의 지하에 다시 묻힌 공동묘지
바닥의 바닥에 기초를 든든히 엮어, 지하도시
　받치며 미래를 이어가니
지상보다 지하가 천상에 가까워

* 터키 '카파도키아 지하도시'에서

절벽에 살다*

풍요와 안락에 목욕하며 명예와 성공으로 배불러
십자가는 무덤에 묻히니
손가락과 무릎으로 바위 뚫어, 몸에 박은 십자가

절벽 바윗굴에 둥지 튼 영혼은
독수리 날갯짓으로 하늘 향해 날았는데
바라보는 시선만 흔적 찾아 벼랑을 헤매
마음은 무거워 쉽게 추락할 뿐

공중에 매달려 들은, 옛 음성이 간절해
귀를 어렵게 열어보지만
땅을 디딘 굴레에, 앓다투며 들려오는 잡음들

* 그리스 '메테오라 수도원'에서

멈추는 잠*

화전마저 밀려나 뻥뻥 뚫린 웅크린 집
둘러친 모기장은 정글 호랑이도 막을 듯
어둠과 함께 밀려오는 안도감에 빠져
두께만큼 쌓인 사람냄새 깔자
이끼로 덮어오는 부드러운 잠

잠자리 내준 깜족 가족이
벽장 넘어 사라져, 지속되는 가파른 변방살이
꺼져가는 심지에 바람 일까
뒤척거림이나 생각이나 그저 조마조마
조심스레 멈추는 다가오던 잠

* 라오스 북부 국경에서

식은 옥수수

넘실넘실 덮쳐오는 옥수수 밭
만주벌판 바다물결 출렁이자
반짝이는 생기 쌓여 해일로 덮치는데

돼지가 먹다 남은 옥수수, 북쪽 식구 밥으로 팔린다니
오랜 슬픔이 어둡게 차올라, 목은 먹먹해

허기에 쫓겨 얼떨결에 받아 쥔 따끈한 연변 옥수수 하나
먹지 못하고 만지작만지작 김이 서린 눈망울만 흐려져

지금도 어쩌지 못해 손에서 식어가는 옥수수에
알알이 박히는 얼굴들
어느 거리에서, 서서히 식어가기만

놀이마당*

아이들이 앞마당 바다에서 신나게 노는 모습,
고향에 와 처음 터지는 웃음
바다마당 현혹에 빠져 첨벙 안기어 노니
모두를 아이이게 하는 마법의 놀이마당

아이와 어른, 남과 북, 바다와 하늘이, 저절로
하나
막힘없는 드넓은 마당에 두둥실 드러누워
잃어버린 지난날을, 잊어버린 앞날을 찾아
옛이야기 친구 삼아 거침없이 노니는 실향민

* 함경도 해변에서

신화(神化)의 길

광신자의 착란, 욕심의 극단이라 소리치다
금기라 쉬쉬하여도

희생의 선물인 약속된 목표
행복한 합일은 어느 길보다 아름다워

갈망이 아닌
아버지 닮는 아들이 가야 할 길로
손짓하는 신화

인간이 된 신의 길은,
신이 되려는 인간의 길

눈물의 맛

영혼을 씻어
마음도 닦아 내리며 온몸 적셔낸
눈물이 달콤해

너의 상처 담아, 아픈 눈물샘 솟아나
찔린 눈망울에서 떨어지는 눈물방울 향기로워

가슴에 도랑 내어
흐르는 눈물 모인 눈물바다
잠긴 몸 한없이 가볍다

새벽닭 울음에
날마다 이어진 통곡이* 눈을 짓무르니
먼눈에서 쏟아지는 눈물 피처럼 진해

피눈물을 성찬마다 음료로 마셔
신화(神化)의 갈증 젖어들어
망가진 형상 성화된다

* 마태복음 26:75, "…밖에 나가서 심히 통곡하니라"

성공하지 마라

성공에 이끌려, 오롯이 오르고 올라 오른 절절한 높이
멀리 내려보니 억눌린 쓴웃음 살짝 고개 들다가
재빠르게 옥죄 오는 낙오의 저주 피해, 허공에 손 뻗어
　움키며
정신줄 다잡아 허겁지겁 계속 오른다

돌베개 베고 꾼 도망자의 꿈*
사닥다리 붙잡고 하늘로 기어가
떨어지는 기억이 오르는 계단 놓아, 패배조차 승리를
　꽃피워
경배할 성공은 신으로 종들을 다스린다

오를수록 상처는 깊은데 자기최면에 마비된 자각증상
상흔처럼 사닥다리 오르락내리락거리니
성공이 주고받은 배설물 층층이 쌓여
퇴적층 겹겹이 성공은 화석으로 묻힌다

성공들 매장된 공동묘지 시간에 깎이며
'성공하지 마라'는 묘비명 선명하게 새긴다

* 창세기 28:12, "꿈에 본즉 사닥다리가
땅 위에 서 있는데…"

승자와 성자

두렵고 외로우며 자랑스러운 승자
다가오는 싸움 준비하는데
평화롭고 고요한 임재에 빠진 성자
다시 맞이하는 시작

승자를 원하지만 성자를 기다리는
승자에 박수 치며 성자를 사랑하기에
승자 아닌 성자이고자
나와 싸워서만 승자이고 싶다

2

나는 너의 산제물

겨울 숲

모두 내어준 공간, 아파 오며 미안쩍어
눈부시게 투명한 벗은 몸
탐욕스런 시선 닿을 곳 잃네

차갑게 불어오는 바람이 솔직해
만물이 빠져든 참선
맑고 넓어 그득한 여기

계절의 무게가 모든 노력을 휴식으로 가라앉혀
일 년의 목숨 다시 이어지기를
정해진 때까지

피어오르는 눈

먼 산등성이,
구름인 양 바람에 실려 날아오르는 눈은
얼어붙은 대지가 내뿜는 따뜻한 입김
지상의 뭇 영혼이 하늘께 올리는
향로에서 피어오르는 기도

떠나온 하늘품으로 되돌아가는 생령들이
한바탕 군무 추다
산불로 뛰어올라 치솟다가, 사라지듯 넓게 깔리며
능선마다 지피는 향불은
오래된 소원 받들어 올리는 피조물의 기도

첫 얼음

산사람을 찾아오는 불청객, 늘 불쑥 나타나
얼떨떨한 주변이 시간의 정직에 놀라
혼탁한 호흡 청명해진다

언뜻 스쳐 지나다 살짝 눈인사 받아
다시 찾으면 이미 사라진, 가볍고 깔끔한 엄연한 실체에
어수선한 흔적을 서둘러 자리매김한다

노동의 긴 나날 부재한 손님은
흙의 안식 통지하는 엄숙한 기별
바쁜 욕심 허겁지겁 주머니로 감추며
거듭된 실수에 뒤를 붙잡힌 채 괜히 발걸음만 재촉한다

장작

드러누운 나무 벌떡 일어나
움찔움찔 몸 가다듬어
꼿꼿한 자세로 단련된 얼굴이 빤히 노려본다

주고받는 시선이 한참
긴 세월의 선명한 흔적에 빠져
한 생명 걸어온 사건들이
이웃들의 움직임들이
스쳐간 이야기들이
계절마다 변하여 동그란 파장으로 퍼져나간다

마지막 외마디조차 참으며
몸 쪼개 내주어
열정을 활활 태워 마지막 본분 다한 뒤
화장터 난로에서 따뜻한 뼛가루 정성스레 모아져
온 길 되돌아가려, 나무 밑에 뿌려진다

불을 벗 삼다

어둠에, 추위에, 쫓겨
따뜻한 얼굴 마주하니 활활 기운찬 미더운 표정

높이 쳐든 손짓으로
이리저리 생각 좇아 온몸 흔들거리며
차분히 몰입하여 구석구석 다독이는 속내

뼈마디 꺾어 추임새 넣으며
들릴락 말락 빨려드는 한숨으로 달래자
연기로 날아가버리는 응어리들

쏟은 이야기 다 태워 친구는 헤어져도 재로 옆자리
　　차지해
겨우살이 내내 정겨운 산방

가을 산을 듣다

억새가 바람에 부딪혀
사각사각 흰쌀 씻는 소리에
고파 오는 배

바람에 뒹구는 마른 낙엽소리
계절의 기억 깨워, 군고구마 냄새 스멀스멀
코는 간지러워 벌름벌름

지붕에 떨어진 밤송이
데구루루 구르는 소리로
가시 찔린 손가락 따끔거리다 송연해져

늦은 태풍, 생가지 찢어지는 아픈 소리에서
모닥불 연기 매캐히 피어올라
졸음에 감긴 눈 벌게지며

비 그친 뒤 계곡 점령한 물소리 귀로 흘러들어
굽이굽이 온몸 촉촉이 적시는 자장가
가을 밤, 소리로 빠져드는 잠

슬픈 감나무

허리 두른 가시철사
수액으로 감싸 속살 찔리며 주인의 잔인한 탐욕도 품어
탐스런 열매로 한결같이 보답하다
사람 떠난 허망한 집터 홀로 지킨다

멀리 산간마을 지긋이 내려다보며
온갖 오염 빨아들인 시간으로
아픈 결실 성실히 맺어 스치는 길손들에 나누다
새 주인인 가을하늘에 안긴다

마지막 낙엽

동갑내기들 우수수 떠나
빛 잃고 군데군데 멍들만 얼룩져
무엇이 이토록 붙잡는지, 혼자 애쓰는 애처로운
　　갈망

허비한 시간을 추스르도록
이런저런 이야기, 위로 나누더니
헤어지기 싫은 기대가 미안해 몰래 사라져

상실의 자리에 서운함은 다가가
작별 인사도 못한 정이 매달려 늦가을 바람에
　　떨며 흔들거리다
버티지 못하고 쫓겨 떨어지는 가을빛

나그네 풀

부서져 내린 고목, 움푹한 상처에 날아들어
꽃망울 맺는 앙증맞은 풀씨 절망에서 새록새록 피어나는
연둣빛

그늘진 계곡, 이끼 덮인 바위에 몰래 숨어들어 쉬니
거미줄에 매달린 이슬방울
풀잎 가득 구슬 영글며

지난겨울 추위가 온 힘으로 갈라놓은
콘크리트길 틈새에 야무지게 둥지 틀어
잔인한 매연에도 건강해, 지친 행인 걷게 만들더니

뒹구는 철모 총알구멍으로 쑥쑥 뻗어나
적의 눈초리 흩뜨려
탄환의 오래 묵은 저주 풀어내

길 열며 앞서는 나그네 풀

풀뿌리

바람에 나무뿌리는 뽑히는데
흔들림 없이 의연한 내공
걸려 넘어뜨려 자랑하는 굵은 뿌리에 눌려
속으로 감추며 밟힐수록 깊어지는 풀뿌리

잘리고 마르며 언 줄기 살려내어
병든 목숨에 주린 이웃에
모진 시간 지켜온 한평생 줄지언정
지상에 드러나는 순간 죽음이어서
아래로 아래로 내려만 가는 행로

그냥 풀

보려고, 보인 적 없이
찾으려, 불린 때 없으며
궁금해, 멈추질 않아
물어도, 답한 법 없어

자리 하나 이름조차 얻지 못해
늘 위태롭게 멀쑥이 흔들리다
잘리고 뽑힐 마지막에야, 처음 주목받아 선택되는
그냥 풀

나비의 졸음

지쳐 포개져 무릎 위 버려진 손등에
느린 날갯짓으로 함께 안식하는 얼룩나비
장난스런 움직임에 놀라지 않아
예의상 잠시 날아오르듯 다시 앉는
범접할 수 없는 무관심

갈색 무늬에 빠져든 노곤한 졸음이
우아한 고고함에 넋 잃어, 한참 달리는 평원

꾸벅,
졸음에 놀란 나비 제 길 떠나자
감기던 눈 옹색한 현실 찾아, 한낮의 달콤한 꿈
　　사치스럽게 쫓겨나
쉬던 빈손 다시 잡으니 호미도 밭도 깨어나는
　　졸음

나른한 야단법석

늦은 오후 나른한 무거움이 잔디밭에서 존다

날렵한 토끼 안테나 세운 귀가 쫑긋쫑긋
풀씨 먹는 새머리 눈치 보며 꺼덕꺼덕 방아질
먹이 나르는 개미들 소곤소곤 한 줄로 더듬이는 속삭여
달팽이 순찰 나와 뒷짐 지고 엉금엉금
들썩들썩 팔운동으로 개구리 근육 단련하니
다람쥐 폴짝폴짝 방정떨어
철 만난 메뚜기들 불쑥불쑥 콩 튀자
어수선한 분위기에 잠깬 지렁이 만사 귀찮아 슬금슬금
개똥지뢰 위로 파리가 윙윙윙윙
흙을 부풀리며 갈팡질팡 질주하는 두더지

잡초 뽑은 노동이 얽둑얽둑 남아 있는 상처 위로
떨어진 꽃잎 우왕좌왕 바람의 희롱에 쫓기지만
아등바등 지친 머리 꾸벅꾸벅

느린 풍경

누그러진 추위,
눅눅하게 녹은 흙을 쓰다듬으며
늦깎이 농부 호미질 한가로워
나른한 강아지 어슬렁거리다 조는 봄볕
늑장 부리는 매화는 유난스레 더딘데
느릿느릿 겨우내 자란 양파 속으로 단단하다

뉘엿뉘엿 땅거미 깔리자
눅진한 농부 허기에
느슨해진 허리춤 조이며 집을 보니
느긋해진 아궁이 게으르게 연기 피워
누긋누긋한 아내 뜸 들이는 저녁 밥
느리게 익어가는 장들이 먼저 차지하는 밥상

느림보들 사는 마을 봄날을 하품한다

빈 풍요

입 벌린 일들이 허겁지겁 달려오거나
돌아올 생산을 계산하지 않아
의무가 적체한 강박증도 땡 처리돼
허허바다에 한가롭게 떠다닌다

잃을까 빼앗길까 움켜잡는 소유 텅 비어
인정받을 부스러기 찾으려면 괜한 고생일 뿐
주머니 훌훌 털며, 일하여 꿈꾸니
하루의 필요가 깔끔하게 맞아떨어져
가진 게 없어 풍요롭다

얻어먹다

먹여주던 상전에서 해방된 노예들
광야에서 굶주려 비틀거리자
하늘이 곳간문 열어 쏟아붓는 양식을*
끼니마다 주워 먹은 긴 세월

밭 갈고 소 먹이는 노력 이어져도
하늘에 뿌리내려 얻어먹어
기름지게 살찌는 떠도는 영혼

내 손으로 내 밥 먹는다, 자긍은 스스로 속고
하늘 배반하여 보복당하기 다반사

탁발 수행자,
얻어먹는 도의 기본을 하루 세끼 몸으로 체득하여
거리를 걸으며 깨치는 땅의 도

* 시편 78:23–24, "…하늘 문을 여시고 그들에게 만나를 비같이 내려 먹이시며…"

배추가 웃는다

농부의 주름진 얼굴이 밭에 한가득
불쑥불쑥 흐무러진 웃음보 터뜨리고
옆 동무와 살을 부딪치며 엉덩잇바람 종횡으로 일으키어
방자하게 흐드러진 흥

햇살 듬뿍 먹은 포만감에
불룩한 배 두드리는 탱탱한 기쁨
노동의 긴장이 연한 속살에 녹아내리자
수천 표정 하나로 포개지어, 낯익은 얼굴에 미소 가득

사는 맛이 이 맛이라
속절없이 넘어가는 군침에
꾸르륵꾸르륵 웃는 고픈 배

개구리 울음

모두 빨려들어 시커먼 산속 밤
풀벌레 새들 기세 좋게 떠들며 난리치다
해 떨어지면 존재는 적막강산으로 사라지는데
개구리 울음소리가 읍내 오일장터

이 밤, 개구리마저 침묵한다면
나 혼자 착각 속에 세상을 독차지할까 봐
개구리 짝짓기는 상생의 찬가 울려
인간의 독존 야욕을 경계하는 불침번

동행의 요술

세면대 먼저 몸 씻는 청개구리
여러 문 뚫고 이 높은 곳으로
밤새도록 이어진 오체투지에 놀라는 잠

긴 장화 속에서 폴짝
목숨 건 깜짝쇼에 놀란 발은
허공에서 어쩔 줄 몰라

개수통 난장판 어슬렁어슬렁
하수구로 올라왔는지, 갸우뚱거리다
미궁에 빠져 나른한 오후

키 넘은 유리문 아슬아슬 기어올라
거미줄 타고 내려왔나, 묘기를 응원하는데
느린 걸음이 잔상만

놀라움이 반가움에서 기다림으로
지루한 장마살이 동행의 요술에 걸려
구석구석 찾아나서는 다음 공연

선생님

입 가볍다 야단치는
새의 노래에 붉어진 얼굴 숙이니
늘어만 가는 생각 비우라며
발길 세우는 평평한 바위

시야에 가득 물들인 움
부푸른 야망에 번져 덮을 때
마냥 품는 흙가루 날아와 양분 뿌리자
메마른 가슴은 부풀어

방심한 팔다리 내리친 가시넝쿨 회초리에
숨 가쁘게 오르던 습관, 퍼뜩 정신 차려
아래로 흐르는 계곡물,
그만 내려가라 가르치네

산골학교

교실 숲, 마당 들에서
살아 움직이는 교과서를
나무와 흙, 해와 물에게서
놀이와 노동이 배우며 계절로 체득하여
몸에 시험 보는 학기 마쳐
초록 헹가래 받으며 졸업하는
하늘과 땅의 제자

바람의 동거

기억 너머에서 불어 다가오는 바람이
살며시 가슴에 품어 살랑살랑 얼굴 쓰다듬으니
아이는 곤히 잠든다

숲욕조에서 바람이 벗은 몸 씻자
어머니 손, 구석구석 어루만져
소년은 꿈꾸며

술래잡기 친구는 돌아서면 풀씨 한 움큼 뿌려놓아
붙잡으려 따라가니 요리조리 도망쳐
놀이에 지쳐 주저앉는 청년을 놀린다

과수원 그물망에 온몸 부서뜨려,
풍력발전기 돌리는 노역 견디어,
황혼이면 찾아와 소곤소곤,
농부와 함께 마감하는 노동들

늙은이 마침내 수목장 소나무로 서 있자
여전히 떠나지 않고 주위를 떠돈다
새 생명 멀리멀리 송홧가루 날려
바람의 동거는 대를 잇는다

태풍을 드린다

파도가 두들기다 바람이 마구잡이로 흔드는 영상이
땅 끝에 매달려 끊어지는 장면으로
창 밖 가득 요동치는 풍경은 벽 너머 우르릉

지켜야 할 성취물이 저항해 느려지는 태풍
체벌이 지나가지 않아, 쌓이는 공포로 숨죽인 마을에
바람을 사신으로 보내온 소식*

선택된 제물 흔들어 요제로 드리며
용서받아 성화되는 대지 위로
다가오는 새 하늘 새 땅

* 시편 104:4, "바람을 자기 사신으로
삼으시고…"

바람을 타다

잎 쥐어뜯더니 가지 부러뜨려
상처와 고난을 주건만
양분 끌어 올려 후손 퍼뜨려
바람은 생명을 키운다

숲의 바람,
돌볼 생명 찾아 헤매다 사명 다하려 맨 땅 얼어
흙먼지 날리니 하늘마저 뿌옇다

생명을 내모는 바람, 고향으로 불자
객기가 날아들어
순례객은 바람 올라타 길 떠난다

돌과 모래 사이

돌이 긴 날들 소화하여 모래이듯
모래는 많은 시간을 먹어 돌로 돌아가
거대한 돌산 광활한 사막이길 한때
사막은 암반 뒤덮인 산맥으로 거듭나는 시간 동안
바람과 물이 길게 흐른다

제국은 벌써 흙더미
폐허 위 성곽은 자꾸만 길어지고 싶어도 높아진 탑
　더 낮게 묻혀
후회 모르는 성취가 치솟는 공간으로
욕망의 오랜 여정 굽이돌아 흐른다

구성과 해체의 순환이 빚은 생로병사하는 길
길은 길로 바뀌어 낯설어
나그네, 돌 같은 주먹 움켜잡지만
길은 모래로 변해 손가락 사이로 흐른다

발자취

나그네 나란한 두 발자국, 같은 방향 걷는데
끊임없이 앞서거니 뒤서거니
만나지 않는 일정한 흔적

이해랑 오해랑 벌려논, 거리
미움과 사랑이 밀어내는, 갈등
두려움이 위로와 엇갈리는, 사이
집착이냐 포기냐 공존하는, 간극
타협하나 순수를 지키나 예민한, 견제
성공 실패가 남긴, 모순
만족이 연민과 주고받는, 긴장
확신인지 회의인지 계속된, 평행
왼쪽 오른쪽 지칠 줄 모르는, 대립
나와 나의 벌어진, 틈

나그네 발자취,
한 발로 걸을 수 없어서

길 잃다

그림자라도 남기고 싶지 않은 바람에
두 발은 자국 꾹꾹 찍어 시비 걸어

받아온 교육의 아까운 중력
과거의 흔적 지우려는 자유를 짓누른다

겹겹이 쌓인 종교의 인습에
빈들의 스치는 바람조차 살피려 걸음은 어지러워

인연으로 돌아가는 민첩한 발길
쓸쓸함에 걸려 절뚝거리며 엉기더니

길손은 엉거주춤 길 잃는다

나그네는 앓는다

저기가 본향인가, 걸음이 먼저 알며
가벼운 듯 무거운 듯 어지럽다

앞서간, 어머니와 얼굴들이 안방에 오순도순
빨리 오라는 손짓인지 천천히 걸으라는 표정인지
판단 못해 고정된 마음 어수선하다

그립다 하면서 주저하는
미련과 반가움이 부딪혀
알싸한 통증이 관절마다 찔러
나그네는 어김없이 본향을 앓는다

기다림

봄꽃 향기가, 하얀 꽃향기가,
기다림 타고 멀리멀리 날아간다

춘분의 낮이 추분의 낮보다
춘분의 밤이 추분의 밤보다
기다림으로 더 길다

고향집에 가까울수록
사랑이 지척에 다가올수록
기억은 기다림에 지쳐 흐려져 버린다

걸어온 만큼, 줄지 않는 가야 할 길
기다림만큼 더 멀어만 간다

하룻길

또박또박
어제 오늘 끝나자 시작하는
하룻길

그날그날 하루치 걸어
집에 다다르는
날마다 새로운 옛길

나그네
이제 오직
하룻길

향기로운 나그네

머물지 않은
지나온 빈 발자국에서 알싸한 바람이
돌아보는 시선 붙잡고 불어와
오랜만에 벗어놓은 땀 밴 남루한 짐에
기분 좋은 향내 슬며시 번진다

해질녘
가야 할 먼 산 바라보니
굴뚝연기, 구름, 나란히 흘러들어
고향집 아궁이 행복한 냄새로
허기진 배 가득 채워 그리움을 소화한다

흠 없애려 닳아진 가벼운 몸,
다시 발길 옮기자 뽀얗게 김은 묻어나
나그네에게서 향기로운 냄새 물씬 피어올라
기쁘게 산제물로 드려지니
걷는 걸음마다 향취 찍혀 어른거린다

유일한 동행

동행이 많은 줄,
곧 흩어지는 안개기둥인 것을
여럿이면 신나리라,
지나면 역시 번번이 속을 뿐
괜한 그리움, 공허한 기다림, 반복되는 자책

왈칵 솟구치는 우울 견딜 수 없어
동행하는 존재를 외면하여 습관처럼 뛰쳐나가

험한 객로 유일한 동행이 보내는
언제나 제자리 번지는 미소에 염치없어
    망설이는데
다가와 손 내미는 동행자

인기척

길은 한계 너머 멀리 거칠게 버티는데
마지막 힘마저 탈진, 내 발자국 소리에 천둥처럼 놀라
버스럭거리는 옷에 돋는 소름

벼랑과 잡목 사이 어둠으로 갇혀, 내려다보는 별은
　　야속하기만
산속 밤 두려움에 마음마저 녹아내리자
느껴지는 낯익은 인기척

가까이 걸어온 동행이 나지막이 속삭이며*
눈빛이 눈길 타고 흘러들어, 임재를 부재로 오해도 잠시
일렁이며 훈훈해지는 사위

* 누가복음 24:15, "…예수께서 가까이
이르러 그들과 동행하시나"

빚쟁이

이루지 못한 아쉬움, 실패가 남긴 후회,
결국 사라지기 마련
모자라다 싶은 앙금이나 얼굴 붉힐 기억,
딱히 미안한 누군가 떠오르지 않지만

끈끈한 미련 하나,
흠 없는 제물이고자 했건만
끝끝내 갚지 못한 빚 무거워

빚쟁이는 나그넷길 길동무

좁은 문

문 앞에 서서
들어갈 만하기에 손잡이로 다가가다
뒤가 당겨 망설이는데 저절로 열리는 문,
몇 번째인가 기억 더듬으며 걸음이 문턱 넘자
기다리던 후회를 만나지만
칙칙한 멍에를 여는 넓은 문

애써 찾으면 숨고
불안하여 넘겨다보면 닫혀
결심으로 밀면 잠기는 열리지 않는 문,
문이란 생각 없이, 연다는 의식도 사라진 무정념
벼랑에 서서 한발자국 내디뎌
나를 열면 열리는, 좁은 문

불청객

애써,
맑아지며 가라앉았다 싶으면
재빨리 분심이 분탕질

이제는, 비우고 비워 안도하는 순간
쫓겨난 정념 얄밉게 머리 디밀어 버리네

마침내 쉼의 자리에 다다르자
당당히 먼저 자리 잡는 분주한 심상

수고한 몸이 드러누운 관
얌통머리 없이 이유 대며 수선거리는 불청객

무정념

어지럽고 끈질긴 정념에서 놓여나
분심도 저 아래로 가라앉아
침묵에 묻히니
무정념의 투명한 혼수에 빠진다

정념을 헤쳐
마음도 생각도 사라져 다다른
하늘이 내려온 거처이기에
무정념의 신방 문 비밀스레 연다

사랑은 스스로 존재

사랑은
묘약도 기적도 아니어서
아무런 결과에나 아름다워
자라서 낳아 기르며 스스로 존재

나눔을 넘어 전부로 하나이여
소유나 행위가 아닌 존재로
살아 움직이길 끝까지
멈춘 사랑은 거짓일 뿐

나는 너의 산제물

당연한 기대를 허탈이 채우자 유혹하는 포기
빚 갚는 마음 다잡아 그래도 사랑이지만
여전한 거부에 마르는 내일

끝나는 시련이려니 견디며 사랑해야지
번번이 깨지는 약속에, 달아나는 의지 붙잡아
아픈 이해와 벅찬 용서로, 사그라지는 사랑의 호흡
　　가까스로 지피며
힘겨운 기다림 속 계속되는 막다른 기도에도

닳은 사랑은 배반으로 끝내 소진되어
마지막 흔적마저 지워진 자리에 쓰여진 사랑의 답

나는 너의 산제물

체공

바람을 다잡아, 집중하여 목표 노리듯
피곤해 잠들었는지
깨끗한 가을하늘에 한가로이 찍히는 초점

성취 향한 힘찬 비상이나
마침을 누리는 우아한 활강이 아니라
억지 벗어난 텅 빈 중심은 기도의 극치

흔들림 없이 살고 싶은 간절함인가
흔들리면서 자리 잡은 오랜 인고인가

유혹과 탐욕의 거센 흐름 거슬러
허공에 사로잡혀 무아지경에 잠기니 빈털터리
　　하늘로 두둥실
몰두하는 과객도 어느덧 체공

기도 1

웅크리고 낮아져
한 점으로 스며들어 사라져라

허다한 상도 잡다한 생각도 물러가
비고 또 텅 비어라

처음과 끝이 만나, 과거와 미래는 없이
늘 지금이어라

시간과 공간마저 증발해, 영원에서 영원으로
사랑과 사랑이 마침내 손잡아
이제는 하나이어라

기도 2

어둠의 그늘이 짙은 황무지
생명의 씨 날아들어
기도가 빛 받아 형형하다

버리고 떠나 얻은 고독이기에
묵직이 뿌리내린 짐조차 가벼워
순간만큼은 중력을 느끼지 못해
고향 찾아 열린 하늘로 기도는 한없이
　피어오른다

수많은 이야기도 사라질 뿐
고정한 시선 따라 전해오는 체온에 이끌려
영혼 타고 제단에 올려지니
향로에 그득한 기도 향기롭다*

* 요한계시록 8:4, "향연이 성도의 기도와 함께…"

기도 3

위선의 습관
욕망의 집요한 통제
스스로 살려는 고집
하늘까지 철저히 이용하는 이기심
자기의 끈질긴 구심력에서
벗어나길 원합니다

하늘께 드린 거짓된 사랑
집착의 표현인 헌신
경건은 익숙해진 세련됨
교활한 미덕
기만으로 가득한 열매에서
자유롭게 하옵소서

허무의 뒤틀린 허세인 열심
더 채우려는 위장에 불과한 나눔
자기사랑의 왜곡인 이웃사랑
최면에 걸려 내뱉는 근사한 말들
치밀한 계산에 불과한 희생이오니
자비를 베푸소서

영원의 정원

별이 어둠에 갇혀
끝없이 흐르듯
하늘이 지상에 둘러싸여
영원을 낳는다

땅의 몸은 유배 중
그늘에 앉은 수척한 수인에
찾아온 영원이 얼굴빛 비추어*
자유를 낳는다

해방된 몸 빛을 찾으니
돌아온 빛 묵은 흙 갈아엎어
돋아나는 생명, 피어나는 부활이 가득
영원의 정원 가꾸며
새 땅을 낳는다

* 시편 80:3, "…주의 얼굴빛을 비추사
우리가 구원을 얻게 하소서"

3

무채색마저 삭아 무색으로

배부른 거미

가진 게 없이
쌓인 먼지 무거운데
바람만 걸려 출렁출렁 춤추는
갑작스런 거미줄

먹이의 욕망 대신 매달린 이슬
지나던 햇빛도 붙잡혀
대롱거리는 열매 반짝이니
빈둥거리는 거미는 배부르다

빈 둥지

간벌하다 만난 빈 둥지
소음에 떠밀려 다칠세라 허겁지겁 허전한 자리
내어 쫓긴 부모의 불안과 자식의 가련함, 마음
　　잃자 톱 놓친다

냉혹한 땅에 내동댕이쳐
부서졌는가 싶은 미안함을 조롱하는 건실한
　　둥지의 자랑에서
날아오르는 힘찬 박동을 만진다

빈 둥지에 해체된 가정의 그림자 흐릿해
강남아파트, 북경올림픽경기장 쇠둥지 스치자
새머리라 빈정댐을 비웃는 둥지 속으로
피곤한 날개 접은 나그네 수줍게 깃든다

약초

사람 없는 숲, 약탕기 달이는 냄새 솔솔
소스라쳐 고개 돌리니
무심히 지나온 잡초에 밀려 엉기정기 자리한 약초

꽃향기 대신 온몸에서 솟아나는 향
몸을 어루만지며 속마음 진맥한다

없는 듯, 북향의 그늘진 삶
약초는 숨어 수줍게 살아
그 일생이기에, 아픈 상처 회복한다

생명나무

맨 처음
할머니 할아버지 따드시어 천년 사신 열매
불 칼이 휘돌아 길을 막는다*

벌어진 입 허망히 닫히자
금단을 먹으려 뱃속 깊숙이 아우성
왕들이 나라를 팔더니 성공자들 모조리 털어
　　찾아나선
감추어진 길
생로병사에 저항하며 불 칼과 싸우길 지금까지
속고 속여 시대와 시대를 흐르는 탐욕에 뿌리내려
사라진 열매는 맺힌다

맨 마지막
불 칼이 멈추어, 열린 길 걸으니
맑은 강 흘러넘쳐 물가 생명나무는**
달마다 맺힌 열매, 철마다 돋아나는 잎사귀로
만인의 기도에 대답한다

* 창세기 3:24, "…불 칼을 두어 생명나무의
길을 지키게 하시니라"

** 요한계시록 22:2, "생명나무가 있어
열두 가지 열매를 맺되 달마다 그 열매를
맺고 그 나무 잎사귀들은 만국을 치료하기
위하여 있더라"

포로

장날 기다려, 보고 싶은 꽃 마당에 심으면
한철 가까스로 버틸 뿐
손님이 들고 온 꽃 고마워 간직하고 싶지만 장마에
　　녹아내려

풀씨, 들꽃, 나무들,
숨바꼭질 전쟁 일으켜 영토 넓혀오니
조금씩 물러나다, 지쳐 손사래 치며 선언하는 항복

침략자는 따로 있어
사소한 정, 당연한 욕심에, 영역 침범 허용 않아
산에 잡힌 포로, 옴짝달싹 못하네

소멸의 명당

산을 바라보니
산은 사라지고 숲만 가득
숲속 거닐자
증발한 숲 사이 나무만 우뚝우뚝
스치는 나무마다 감싼 잎이 넘실거려
출렁이는 잎에 빨려들어 나마저 감추어진다

숲은 블랙홀, 소멸의 명당, 자신에게서 도망치려
숲 찾는 횟수가 늘어난다

광장

숲이 흘리는 침묵에 유혹되어 빠져드는
하늘 높이 치솟는 넓고 빽빽한 자리
깃발과 만장이 격렬히 부딪힌다

달려온 나무들의 속삭임, 함성 질러 깨지는 까마득한
 정적
딱딱한 세월에, 뿌리가 얽힌 울퉁불퉁한 바닥에,
흔들리는 어정뜬 나무로 슬며시 뿌리내리는 숲

움직임들 모여들다 흩어지며 약속하듯 사라져 괴괴한데
숲의 침묵은 청중 돼, 온갖 존재들 아우성에 떠밀려
막 도착한 낯선 나무도, 광장에서 주장한다

기브롯 핫다아와*

별스런 더위, 닮은 추위 낳더니
마른장마는 잦은 가을비 낳아
울렁이는 들판이 아린 그늘을 낳는다

안긴 열매, 품에 가득 한숨 낳자
뜨거운 땀 서늘한 빛만 낳고
흩어지는 가족들 기브롯 핫다아와를 낳는다

피 뽑고 똥 뽑은 보건소, 긴 불안 낳으며
철 만난 모기 떼, 진드기 떼, 살인무기 낳으니
숲속 하루는 긴장만 연이어 낳는다

욕심은 죄를 낳아** 죄는 허망을 낳지만
쌓이는 기브롯 핫다아와에 번지는 구절초, 하얀
　　웃음 낳으며
가련히 흔들흔들 맑은 약속을 낳는다

* 욕심의 무덤(민수기 II:34)
** 야고보서 I:I5

숲이 아프다

산림청
"숲에 돈이 있다"
선창 길게 빼며 싱글벙글

마을 산림조합
국유림 왕창 임대해
신바람 어지럽게 갈팡질팡

임업 경영인
산 아닌 군청에 출근하며
숲 경영에 비지땀 주룩주룩

도시 산주
지원금 보상비 타령에 흥겨워
갑자기 요란스레 들락날락

머리 돌아가는 귀농인
산촌유학, 숲체험, 산림치유를
제멋에 취해 유행가로 흥얼흥얼

주민들
"케이블카 설치만이 살 길이다"
화답하는 합성이 시끌시끌

숲은
돈 갉아먹는 송충이들에
살점이 뜯겨 울먹울먹

낫

너 놓고 ㄱ자 모르는 사람이 사라지자
ㄱ자 놓고 너 모르는 사람만 가득

너로 제 몸 찍으며 생명들 살려냈건만
네가 잊힐수록 생명들 처참히 쓰러져
난폭한 기계음 점령군으로 으르렁거릴수록
잘려 흩어지는 살아 있는 사지가 수북이 쌓이는데

너 모르고 ㄱ자만 아는 사람 늘자
탐욕은 가깝고 노동은 멀어
외국에서 수입된 너 쥔 손이 맞이하는
먼 나라에서 시집온 가련한 아내

호미

곱디고운 곡선
어머니 할머니의 굽은 손등
파고들어 찌르는 날카로움은
아버지 할아버지의 강철 노동

돌과 싸워 불꽃 날리며
부드러운 흙에 사랑 품고
어린 씨앗 잠깰라 살며시 흙포대기 덮을 때

떨어진 땀방울로 달구어진 쇳몸 식히며
튼튼하고 섬섬한 세 번째 손 주신 조상께
세 손 모아 큰절 올린다

전지

마음이 망설이자
떨리는 눈길에 손끝 흔들려
가위는 머뭇거리다 점점 무거워

다른 가지를 살려
아름다운 꽃을, 건강한 열매를 약속받기에
재촉하듯, 작별하듯, 선택된 희생 살랑거리며 즐거워

가지의 기쁨이 깨우는 숨은 기만
잘라야 할 가지는 들키고 말아
내 몸의 꼬인 가지로 들이미는 전지가위

운동법칙

전정가위 들자 하나라도 더 잘라야
톱은 뭐라도 썰어야 편해
벨 것 찾는 낫은 저절로 두리번두리번
흙을 마저 뒤집어야 호미는 제맛
삽자루 움키면 땅을 찍어야 시원

힘은 휘둘러야 기분 나
오름은 바닥에 떨어질 때까지 오르기 마련
어제의 명예는 오늘 목말라
재가 되도록 욕심은 활활 타니
운동법칙 어느 날 산산조각

단순노동

노동으로 수행한 시간, 몸이 기억해
체감한 한계는 자만을 땀으로 흘려보내
탱탱하게 차오른 만족, 균형 잡힌 일체감이 안정을
　　조립하자
무력한 빈 몸에 청량함 재고로 쌓인다

숙련되면 경계를 넘을까 봐, 신선도가 폐기하는 전문성
어설픔과 핀잔이 칭찬과 세련보다 고마워
모자라는 능력 경쟁하지 않아, 어설픈 노동 뜸들이니
단순은 천천히 건강을 생산한다

장 사랑

어머니 그리워
가난한 향수가 아쉬워
잃어버린 밥상 기억 속에
함께 먹는 식구가 절절해
장에 빠진다

오래전 빼앗긴 맛의 주권 찾아
입에 자유를
돈맛에서 입맛이 독립하려
속도의 공격에서 몸 지키느라
장을 담근다

독한 허브향의 유혹에서
집안의 뿌리 깊은 체취 이으려
장을 모신다

일기예보

그날그날 기다려지는
궁금한 소식 하나
손때 묻지 않아 투명한 뉴스

하늘의 뜻을 몸짓으로
사랑의 갈증 풀어주는 오늘의 날씨
버림받지 않았음을 확인하고 싶어 안절부절 애타는 기별

길들여지며 익숙해질수록 자유로워
몸도 날씨의 부분, 때맞추어 음식 의지하듯
온전히 내어 맡기는 소식

늘어나는 매일

떠도는 소식, 불타는 욕망에 빼앗기는 시간이
　줄어
고립된 공간에서 감각은 민감해지니
길게 늘어나는 매일

침묵이 시간을 잘디잘게 쪼개며
노동으로 나절이 뭉텅이로 달아나, 팽창과 수축을
　일삼으니
시간의 주인은 끌려다니지 않아

순간이 영원인 하루하루

몽환

무수히 떠도는 보석 담느라
눈에 물기 마르고
이어지는 새로운 속삭임에 닫지 못하는 귀
피부를 뚫은 바닷바람 박동 일으켜
오르락내리락 퍼져나가는 떨림이
온몸에 일렁이며 물들인 갯내에 멀미로 취해
잃기 싫은 순간을 모래에 새기며
몽환극 주인공이 독판인 바닷가

바닥 바다

품고 덮어 낮음으로 받아들여
하나 된 바닥 위
흔들어 밀어내며 누르고 부서진 소란이 쌓여
　　펼쳐진 마당에
올망졸망 노는 천진난만한 목숨들

긴장하는 이방인에게
친밀감이 다가와 두려움 녹여내
바다의 바닥에 드러누워 쓰다듬는 해초강보로
　　싸여
마침내 되돌아가는 어머니 몸

밥, 옷, 집

허기져 비틀거리는 광야
하늘밥으로 끼니 이어가다
젖과 꿀 잃어버린, 굶주린 몸을 가득 채우는 오병이어
도시락
배곯아 떠도는 무리에 몸을 밥으로 나누어
그늘에서 해방된 생명들이 베푸는 잔치에 초대된 밥
밥이 걸어온 길, 나그네 걷자 하루 세끼 동행하는 밥

나뭇잎 얼기설기 엮은 옷
감추려는 부끄럼 비죽비죽 들어내건만
선물받은 가죽옷 갈아입어 다시 찾은 편안한 일상
포악과 탐욕의 갑옷에 한 벌 옷마저 제비뽑아 빼앗기지만
빈 무덤에 남긴 세마포로 옷맵시 날개 달아
하늘옷 입는 헐벗은 나그네

머리 둘 데 잃은 집주인
모퉁잇돌로 버려져 건축한 집으로
독수리 날개 업혀 깃드니 걱정은 담 너머 기웃거릴 뿐
구석구석 자리 잡는 든든한 안녕
주인이 집 되니, 돌아오는 나그네도 집 되어
오늘도 지어지는 집은, 지붕에 지붕 잇고 고을에 고을
이어서
어디에나 아름다운 주인집

편지

손으로 써지거나
기억은커녕 입에 오를 거리조차 못 되더라도
구저분한 흔적은 스쳐간 영혼에 그대로 남아
무섭도록 선명하게 기록되기 마련

주고받은 말과 표정은 분명 발송한 편지*
영혼에 쓰인 흔적은 역사보다 공정한 판결문

만나는 영혼에서 남긴 기록 읽지만, 수정 못 해
이제는 기록을 잘 남겨야지 위로하면서
영혼의 갈피에 쓰는 편지

* 고린도후서 3:3, "너희는 우리로
말미암아 나타난 그리스도의 편지니…"

중독

술, 마약, 도박 중독이 무서워
일이나 소비도 세련된 중독이지만
편함은 우아한 중독

합리적인 숭고한 가치로
문명을 이끌며 제국 건설하여 먹여 살리니
만인의 칭송 한 몸에 받아

불편은 수치이자 실패, 이겨야 할 적
예배당에서도 불행일 뿐
노래하며 중독되는 편한 예수

박제

육중한 흑곰박제
생명을 가장한 죽음
죽임조차 살림으로, 살육을 아름답게 포장한
끔직스런 자만

껍데기만 남아, 썩지 않는 저주에
송곳니 드러난 벌어진 입, 깨끗이 제거하라는 절규를
대신 쏟아내는 구경꾼의 눈

박제에서 도망치면, 더 집요한 어둠의 추격
거짓 생명 아귀다툼 벌이며 살린다며 죽여 치장된 죽음

박제된 제물 바치며,
박제십자가 앞에 엎드려
생산하며 자랑하는 박제인생

십자가

영원이 지상에 갇히며
빛은 어둠에 폭행당해 하늘이 땅에 처형되자
긴 영어의 시간들이 매달리는 십자가

풀려난 죄수 하늘 볼 수 없어
돌무덤 속으로 자신을 묻자
뿌리 뻗은 십자가 감싸고돌아
싹 돋아 바위 가르며 날마다 살아나는 죄인

빛의 세례

마지막 시험이라
지난밤 유난히 어둡고 추웠던가
오래뜰 여기저기 뿌려진 빛의 씨앗 불쑥 자라
추운 몸 감싸 녹이며 밤새 찍힌 색의 손자국이 어루만져
오랫동안 옥죄이다 풀리는 매듭

남겨진 흔적만으로 서운한지 다행인지 어지럽지만
봄날 아침, 빛이 세례 베푸니
다시 태어나는 각자의 빛깔
아름다움이 찾아준 구원

예배당

바람과 계곡물 소리 반주에
새와 벌레 노래 가득
태양조명이 구름단상 비추어
햇살이 내려오며 전해오는 은총
돌도 흙도 자비 누려
나무와 꽃이 행복한 감사 내뿜자
인생들은 침묵과 노동으로 기도드리어
하늘이 열리는 예배당

계곡에 앉아

발아래 흐르는 물
하늘에서 곤두박질 우렛소리 주위를 삼키니
생각도 형상도 물거품, 악기소리만 덮쳐와

바위, 숲, 울려
떨리는 대지와 촉촉한 대기는 하나
공명된 몸, 노래 되어 높이 뿜어져 퍼지니
새 노래마저 젖어버린 많은 물소리*

* 요한계시록 14:2, "내가 하늘에서 나는 소리를 들으니 많은 물 소리와도 같고…"

기(氣)차다

지리산 호연지기 받아
치기가 서서히 융기하여 호기 부리자
패기에 찬 주변, 열기로 순간 혼돈이더니
의기는 객기 만나 용기가 저절로
활기차다

평화로운 신기 자리에 찾아들자
창조 원기가 봉기해, 붙어 있던 어두운 잡기
　물러나
끈질긴 욕기(慾氣) 저절로 사라지며 이유 없는
　괜한 오기 녹아내리어
성공의 광기도 사그라지고 파괴의 끔찍한
　독기마저 무너져버려
생기발랄하다

영기(靈氣)가 불같이 내려와
향기를 누리에 가득 뿜어 화기애애
굽어보는 하늘의 심기가 편해
지기가 궐기하여 천기와 기를 통하니
기차다

마지막에 오다

사람이 그리워 메인 가슴에
절망만 어지럽게 휴지로 쌓이는데
가로막는 벽은 점점 두터워질 뿐

염려할까, 잊었을까, 마음만 분주히 헤매
만날지, 못 만날지, 그저 두려워

정은 벗어나지 못해 맴돌아
부질없이 이 집 저 집 기웃거려도
닫힌 문 너머 저만치 자리 잡은 그리움

떠밀리다 벼랑에 걸려 다다른 곳
마지막이기에 찾아오는 평온

꿈꾸는 마을

가진 담, 산안개로 흩어지며
경력이 가려준 아까운 옷, 예쁜 꽃들이 벗겨
감추면 추해지니 생긴 대로 보이는 공중탕

배움의 높이, 인격의 깊이, 서로 깎아 메워져
실패와 성공은 공동운명이기에
높낮이 없는 너른 평상

초라한 내면은 삐죽이 본색을 내밀어
사랑은 늘 바닥 치며 곤두박질
동네방네 들썩이던 허세는 저녁바람에 날려가
영혼에 새겨진 흔적만이 이야깃거리

화장은 오래가야 몇 시간
화려한 말, 앞산의 침묵에 질식당해
여러 벌 껴입은 체면은 아까부터 거추장스러워

갈 곳 잃고, 찾는 이 사라져
잊혀진 우울이 남은 괴괴한 마을
그냥 벌거벗은 마을
사람 찾아 떠난 이웃의 자리는 자꾸 넓어져
끼니마다 밥상에서 확인되는 처지에, 밥보다 술이
　　간절해

강아지는 목줄 풀려 깡충거리며
새들도 넉넉한 시절 시끄러운데
지난날 허망한 후회 뒤를 당겨
주저앉는 모습 홀로 견디다, 뒷산 오르는 뻥 뚫린 명절

번지는 수도복

스스로 구별되어 먼 옷
곡선은 사라져 밋밋한 빈 매무새
반가워 스치는 옷자락에 낡은 구멍만 송송
무채색마저 삭아 무색으로

탱탱한 굴곡진 옷 주뼛주뼛 다가와
수도복을 길동무로 걸으니
팽창하는 욕망 감추려 애쓰는 원색이 퇴색해
무채색에서 무색으로

몸이 된 옷 바래 사라지니
수도복 번지며 넓어지는 허허마을

십자가 뜰*

거친 돌무덤 바위 뚫어
우뚝 자란 세 그루 십자가나무
쩡쩡거리는 딱따구리 못질 심할수록
탱자나무 울타리 가시 죄어들어도
씨앗 맺어 바람에 날린다

풀밭에 꿇은 무릎 향해 뿌리 다가와 접붙이니
싹 돋아 새록새록 자라는 어린 십자가나무는
흔들리며 지켜보는 부모 닮는다

늘어나는 십자가나무 가족을 꼭 품은 십자가 뜰
출렁이는 숲 노을빛 머금어
기도하는 가족, 붉게 타오른다

* 지리산두레마을 숲속 기도처

물 댄 동산*

먼 길 달려온 물, 숨 고르는 무늬진 소리에
옹기종기 꽃들 이야기 띄우자
동고비, 쇠박새, 곤줄박이, 엿들으며 종알종알
심심한 버들치는 요리조리 부들 뒤로 숨바꼭질
생기를 기지개 펴는 연못

굽어보던 어머니 간절한 기도에
영롱한 무리 날갯짓 반짝이자 햇빛은 사라져
동산 가득 빛이 된 물을 숨 막히도록 들이켜니
꽃으로 피며 새로 날아올라,
하나로 돌아가는 동산

* 지리산두레마을 안에 있는 동산.
이사야58:11, "…물 댄 동산 같겠고
물이 끊어지지 아니하는 샘 같을 것이라"

눈썹다리*

검은 숲, 흐르는 짙은 머리채 늘어져 눈썹 가리는데
놀이 찾아 명랑하게 떠다니는 꽃
태연한 바위 천연덕스레 집적거리다
맴도는 다리

조급한 발길 다독이며 걸터앉아
멀리 떠가는 그림자와 어렵게 헤어지니
사바를 벗어나 이판에 들어선 듯, 아미를 건너
마침내 밟는 낯선 땅

* 지리산두레마을 계곡 다리

쥐똥나무길*

낮고 초라해 여물어진 나무가
고개 숙여 맞이하는 고즈넉한 길
굴곡진 경사로 굽이굽이 이완되는 걸음

곧지도 넓지도 않아
어스름한 평온이 어슬렁어슬렁 거닐다
계곡물 동행하며 집으로 돌아가는 길

* 지리산두레마을 들어서는 길

세석지(洗石池)*

세파에 땟국 얼룩덜룩 연못가 돌
잃어버린 처음 형상 점점 멀어지는데
수의로 감싼 몸 제자리 묶인 채
원래 모습 찾으려, 하염없는 석고대죄도 부질없어

시간이 가득 차 넘치자
연못은 계곡으로, 고인 물 힘차게 흘러
두터운 껍데기 뜯겨져 아프건만
언뜻언뜻 살아나는 눈부신 형상
용서받은 돌 계속되는 수행

* 지리산두레마을 뒤뜰 연못

불을 안다

이런저런 모습으로
이리저리 마음대로 너풀거려
던져진 불, 의도를 활활 전해오니
의문들 꼬리 물고 어지럽게 탄다

속내는 분노로, 정화로, 임재로 변하여
연기돼 엄습하니 숨 막혀
한껏 치솟은 불, 소리도 뜨겁게 뻗쳐올라
심장으로 뿌지직 속도 내 타들어온다

불붙은 영혼 세례 받으려
꼿꼿이 심지 돋아
모를 뜻에 순응하여, 불을 안으니
새로워지는 의식 깔끔하다

화제(火祭)로 바치다

하늘이 불을 비같이 내리자
먼 바람 찾아와 화재 일으켜
삶을 제물로 태워
먼지 된 생명 흩날리다, 온 곳으로 불려 돌아가
화제로 높이 드려지는 화재

선명한 의지 입 벌린 화마처럼
여기 죄 말끔히 불태우며
자랑스러운 성취와 앞날마저 소멸해
정련된 일상, 화제로 바치니
매캐한 연기 밀어내는 신선한 산소

향기

흠 없어 선택된 짐승 높은 제단으로
약속의 불에 타올라 냄새 가득히
생명은 드려져 향기로워

생을 산제물로 사르니
향연은 서서히 피어올라
하늘이 받아들여 기쁘기만

행색 남루한 가난한 영혼, 번제로 불타
스멀스멀 발등에 머물다
살결 스치며 몸 감싸 회오리치는 향기

하늘조각

흐르던 사랑, 증오에 부딪혀 풍랑 일어
양심은 폭력에 맞아 산산조각
애정을 보복으로, 손마다 돌멩이 힘껏 날려
쌓인 돌무덤이 만든 돌제단

제단에 바쳐진 순교자, 남은 사랑도 불태워
저주의 돌마저 제물로 드린 채
서서히 잠겨드는 마지막 시선
하늘을 급히 열고 뛰어 마중 오는*
사람의 아들 가까이 보이니

구름 낀 얼굴에, 순간 번지는 하늘조각

* 사도행전 7:56, "…하늘이 열리고 인자가 하나님 우편에 서신 것을 보노라…"

하늘문*

외딴 섬, 캄캄한 굴,
천장과 벽 가까워지니 문 굳게 닫혀
열려 있던 생각, 말의 문, 막힌 지 오래
먼저 간 스승과 벗들, 벽 너머 어렴풋이 가물가물
홀로 살아남은 추궁만 문고리에 매달릴 뿐

열 문 없어 숨을 데 잃자, 몸은 유배지
영혼이 떠나려 문 두드릴 때
문지기 하늘문 활짝 젖히며 조여오는 감옥
무너뜨려
출구 없는 방, 갇힌 몸에 꽉 차는 하늘

* 요한계시록 4:1, "이 일 후에 내가 보니
하늘에 열린 문이 있는데…"

하늘이 열리다*

쫓겨난 고향 눈에서 불타 사랑은 뿔뿔이 환청으로
흩어져
나뒹구는 믿음은 전설로 바래지는데
날로 날렵해지는 점령국 적들, 골짜기에 채워지는
절망의 무덤들

젊음은 테러리스트로 소리 없이 사라지는 절규 속에
이국 젖병에 어린 생명 새근새근 자라기만
현실에 허우적거리는 세대의 눈빛은 각자의 무기, 날
세워
마주치는 얼굴마다 교환되는 상처

포로 된 나그네, 갇힌 땅에 마비되어
서서히 내려오는 묵직한 하늘 외면할 수밖에
다가온 하늘이 열려 숨겨진 비밀 보니
묻힌 자들 일어서며 부활하는 앞날

* 에스겔 I:I, "…하늘이 열리며 하나님의
모습이 내게 보이니"

향기로운 나그네

Homo Viator

지은이 김호열
펴낸곳 주식회사 홍성사
펴낸이 정애주
국효숙 김경석 김의연 김준표 박혜란 오민택
오형탁 이현주 임영주 주예경 차길환 허은

2020. 8. 24. 초판 1쇄 인쇄 2020. 9. 4. 초판 1쇄 발행

등록번호 제1-499호 1977. 8. 1.
주소 (04084) 서울시 마포구 양화진4길 3 전화 02) 333-5161 팩스 02) 333-5165
홈페이지 hongsungsa.com 이메일 hsbooks@hongsungsa.com
페이스북 facebook.com/hongsungsa 양화진책방 02) 333-5161

• 잘못된 책은 바꿔 드립니다. • 책값은 뒤표지에 있습니다.

• 이 도서의 국립중앙도서관 출판예정도서목록(CIP)은 서지정보유통지원시스템 홈페이지(http://seoji.nl.go.kr)와 국가자료공동목록시스템(http://www.nl.go.kr/kolisnet)에서 이용하실 수 있습니다.(CIP제어번호: CIP2020034549)

ISBN 978-89-365-1454-9 (03810)